# বেওয়ুল্ফ্

## এবং কেমন করে সে গ্রেন্ডেলকে পরাভূত করে

## – এই একটি অ্যাংলো-স্যাক্সন মহাকাব্য কাহিনী

# Beowulf

## And how he fought Grendel

## – an Anglo-Saxon Epic

mantra

খ্রিস্টিয় চতুর্থ শতাব্দীতে অ্যাংলো–স্যাক্সনরা ব্রিটেনের সমুদ্রপারে পদার্পণ করে।

বেওয়ুল্ফ হচ্ছে পুরাতন ইংরেজীতে (অ্যাংলো–স্যাক্সন) লেখা সবচেয়ে পুরানো একটি মহাকাব্য। ইওরোপীয় একটি ভাষায় লেখা এইটাই প্রাচীনতম কাহিনী। এই মহাকাব্যের একমাত্র যে পান্ডুলিপিটি পাওয়া যায় সেটি দশম শতাব্দীর, যদিও এর ঘটনাবলী হচ্ছে ষষ্ঠ শতাব্দীর। এই কাব্যে বাস্তব স্থান, জাতি ও ঘটনাবলীর উল্লেখ পাওয়া যায়, যদিও বেওয়ুল্ফ সম্বন্ধে কোনরূপ ঐতিহাসিক প্রমাণ মেলে না। গীটরা ছিল দক্ষিণ সুইডেনের লোক, এবং এই কাহিনীর ঘটনাবলীর পটভূমি ডেনমার্ক।

জে আর আর টল্কিয়েন ছিলেন অক্সফোর্ডের অ্যাংলো–স্যাক্সন প্রোফেসর এবং উনি লর্ড অফ দি রিংস লেখার সময় বেওয়ুল্ফ এবং অ্যাংলো–স্যাক্সন পুরাণের ব্যবহার করেন।

আশা করা হয় যে বেওয়ুল্ফ–এর কাহিনীর এই সহজ ভাষ্যটি পড়ার পর পাঠকদের বেওয়ুল্ফ–এর মহৎ কাহিনীর আদি ভাষ্যটি পড়তে উৎসাহ জন্মাবে।

The Anglo-Saxons came to the British shores in the fourth century.
*Beowulf* is the earliest known European vernacular epic written in Old English (Anglo-Saxon). The only surviving manuscript of the epic poem dates from the tenth century, although the events are thought to have taken place in the sixth century. The poem contains references to real places, people and events, although there is no historical evidence to Beowulf himself having existed.
The Geats were the southern Swedish people and the events in this story take place in Denmark.
The late J R R Tolkien was Professor of Anglo-Saxon at Oxford and he drew on *Beowulf* and Anglo-Saxon mythology when he wrote *Lord of the Rings*.
It is hoped that this simplified version of part of the Beowulf legend will inspire readers to look at the magnificent original.

### Some Anglo-Saxon kennings and their meanings:

*Flood timber or swimming timber* - ship
*Candle of the world* - sun
*Swan road or swan riding* - sea

*Ray of light in battle* - sword
*Play wood* - harp

Text copyright © 2004 Henriette Barkow
Dual language & Illustrations copyright © 2004 Mantra Lingua

First published 2004 by Mantra Lingua
5 Alexandra Grove,
London N12 8NU
www.mantralingua.com

# বেওয়ুল্ফ্

# Beowulf

Adapted by Henriette Barkow
Illustrated by Alan Down

Bengali translation by Kanai Datta

MANTRA

Taleof GRendel,
eatures
ch Terrible MMonsrtosity
and Eviel
And so The GReat HER
BEowulf son Of the M
o fTHE massiev te
Slayer

তুমি কি এই কাহিনী শুনেছ?

কথিত আছে যে বড্ড বেশি কথা-বার্তা ও হাসাহাসি হলে, গ্রেন্ডেল আসবে এবং তোমাকে টেনে নিয়ে যাবে। তুমি গ্রেন্ডেল-এর কথা জানো না? তাহলে আমার মনে হয় যে তুমি বেওয়ুল্ফ্-এর কথাও শোনোনি। এখন শোনো মন নিয়ে। আমি তোমাদের শোনাব মহা সাহসী গীট যোদ্ধার কথা এবং কেমন করে সে দুষ্টু দৈত্য গ্রেন্ডেলকে পরাজিত করে।

Did you hear that?

They say that if there is too much talking and laughter, Grendel will come and drag you away. You don't know about Grendel? Then I suppose you don't know about Beowulf either. Listen closely and I will tell you the story of the greatest Geat warrior and how he fought the vile monster, Grendel.

এক হাজার বছরেরও বেশি আগে ডেনমার্কের রাজা হ্রোথ্গার ঠিক করলেন যে তাঁর বিশ্বস্ত যোদ্ধাদের বিজয়ের উৎসব করার জন্য একটা বিরাট হলঘর তৈরী করবেন। এই হল নির্মাণ সম্পন্ন হলে উনি তার নাম দিলেন হেরোট্ এবং ঘোষণা করলেন যে সম্মান প্রদান ও উৎসবাদির জন্য এই হলঘর ব্যবহার করা হবে। হেরোটের চূড়া নির্জন জলমগ্ন জমির উপর উঁচু হয়ে উঠল। এর সাদা চূড়াটা বহু দূর থেকে দেখা যেত।

More than a thousand years ago the Danish King Hrothgar decided to build a great hall to celebrate the victories of his loyal warriors. When the hall was finished he named it Heorot and proclaimed that it should be a place for feasting, and for the bestowing of gifts. Heorot towered over the desolate marshy landscape. Its white gables could be seen for miles.

এক চন্দ্রহীন অন্ধকার রাত্রে হ্রোথ্গার প্রধান হলে তাঁর প্রথম বিরাট ভোজ-উৎসব ডাকলেন। সকল যোদ্ধা ও তাদের স্ত্রীদের জন্য রাখা হল উপাদেয় খাদ্য ও মদ। সেখানে আরও ছিল ভ্রাম্যমান প্রমোদাকার ও বাদ্যকরেরা।

On a dark and moonless night Hrothgar held his first great banquet in the main hall. There was the finest food and ale for all the warriors and their wives. There were minstrels and musicians too.

আনন্দের সেই ধ্বনি জলাভূমি ছাড়িয়ে সুদূরের নীল জলাশয় পর্যন্ত শোনা গেল, যেখানে বসবাস করত এক শয়তান।

গ্রেন্ডেল একসময় ছিল মানুষ কিন্তু এখন একজন নিষ্ঠুর ও রক্তপিপাসু জন্তু। গ্রেন্ডেল এখন মানুষ না হলেও মানুষের চেহারা খানিকটা রয়েছে।

Their joyous sounds could be heard all across the marshes to the dark blue waters, where an evil being lived.

Grendel - once a human, but now a cruel and bloodthirsty creature. Grendel - no longer a man, but still with some human features.

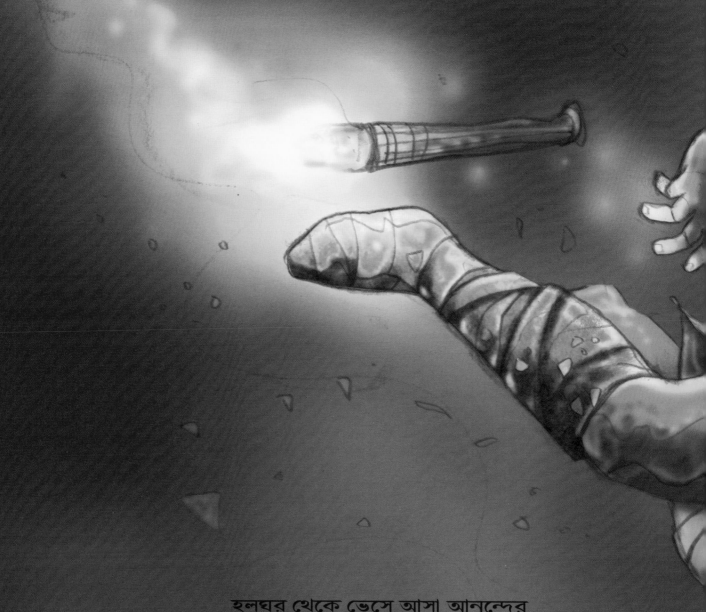

হলঘর থেকে ভেসে আসা আনন্দের
ধ্বনি শুনে গ্রেন্ডেল ভীষণ ক্রুদ্ধ হল। গভীর রাতে
যখন রাজা ও রানী নিজেদের ঘরে শুতে চলে গেছেন,
এবং যোদ্ধারাও সব ঘুমিয়ে পড়েছে, গ্রেন্ডেল সপাৎ সপাৎ
শব্দ করতে করতে জলা-জমি পেরিয়ে এগিয়ে এল। দরজায়
পৌঁছে দেখল দরজা বন্ধ। একটা সজোর ধাক্কায় সে দরজাটা
খুলে ফেলল। গ্রেন্ডেল এখন ভিতরে।

Grendel was much angered by the sounds of merriment that came from the hall.
Late that night, when the king and queen had retired to their rooms, and all the
warriors were asleep, Grendel crept across the squelching marshes. When he reached
the door he found it barred. With one mighty blow he pushed the door open. Then
Grendel was inside.

সেই রাত্রে ঐ হলে গ্রেন্ডেল হ্রোথ্‌গারের সবচেয়ে সাহসী ত্রিশজন যোদ্ধাকে খুন করে ফেলল। থাবার মত হাত দিয়ে ও ওদের ঘাড় চেপে ধরল এবং ওদের রক্ত শোষণ করল। তারপর ওদের দেহে দাঁত বসাল। সকলকে মেরে ফেলার পর গ্রেন্ডেল উত্তাল জলের নীচে ওর স্যাঁত স্যাঁতে বাসায় ফিরে গেল।

That night, in that hall, Grendel slaughtered thirty of Hrothgar's bravest warriors. He snapped their necks with his claw like hands, and drank their blood, before sinking his teeth into their flesh. When none were left alive Grendel returned to his dark dank home beneath the watery waves.

সকালে ঐ হল্ কান্না ও বেদনায় ভরে গেল।
ঐ সব শক্তিশালী দুঃসাহসী ডেনিশদের বেপরোয়া
খুনের দৃশ্য সারা দেশকে গভীর হতাশাময় দুঃখে ভোরে তুলল।
দীর্ঘ বারো বছর ধরে যারাই হেরোটের কাছে এসেছে গ্রেন্ডেল
তাদের বিধ্বস্ত করে মেরে ফেলেছে। ও দেশের বহু সাহসী মানুষ
গ্রেন্ডেলের সঙ্গে যুদ্ধ করতে চেষ্টা করেছে, কিন্তু ঐ দানবের বিরুদ্ধে
ওদের অস্ত্রশস্ত্র কোনই কাজে আসেনি।

In the morning the hall was filled with weeping and grieving. The sight of the carnage of the strongest and bravest Danes filled the land with a deep despairing sadness.

For twelve long winters Grendel continued to ravage and kill any who came near Heorot. Many a brave clansman tried to do battle with Grendel, but their armour was useless against the evil one.

গ্রেন্ডেলের ঐ ভয়ঙ্কর কাজের কথা দূর দূরান্তে ছড়িয়ে পড়ল। অবশেষে সকলের চেয়ে শক্তিশালী মহান যোদ্ধা বেওয়ুল্ফ্ ঐ ঘটনার কথা শুনল। সে প্রতিজ্ঞা করল যে সে ঐ দানবকে হত্যা করবে।

The stories of the terrible deeds of Grendel were carried far and wide. Eventually they reached Beowulf, the mightiest and noblest warrior of his people. He vowed that he would slay the evil monster.

বেওয়ুল্ফ্ তার চৌদ্দজন বিশ্বস্ত লোককে নিয়ে ডেনমাকের তীরে হাজির হল। ভূমিতে পা দেওয়ার সাথে সাথে সমুদ্রতীরের প্রহরীরা ওদের থামাল: "স্তব্ধ হয়ে দাঁড়াও! কি উদ্দেশ্যে তোমরা এই ভূমিতে পা দিয়েছ?"

"আমি বেওয়ুল্ফ্। তোমাদের রাজা হ্রোথ্গারের পক্ষে গ্রেন্ডেলের সঙ্গে যুদ্ধ করার জন্য আমি এসেছি। সুতরাং তাড়াতাড়ি আমাকে তার কাছে নিয়ে চলো," সে আদেশ করল।

Beowulf sailed with fourteen of his loyal thanes to the Danish shore. As they landed the coastal guards challenged them: "Halt he who dares to land! What is thy calling upon these shores?"

"I am Beowulf. I have ventured to your lands to fight Grendel for your king, Hrothgar. So make haste and take me to him," he commanded.

বেওয়ুল্ফ্ হেরোটে পৌঁছে সেই পরিত্যক্ত এলাকা পরিদর্শন করল। গ্রেন্ডেল বাইরে কোথাও ছিল। বেওয়ুল্ফ্ প্রতিজ্ঞাবদ্ধ হয়ে ঐ হলের মধ্যে প্রবেশ করল।

Beowulf arrived at Heorot and surveyed the desolate landscape. Grendel was somewhere out there. With resolve in his heart he turned and entered the hall.

বেওয়ুল্ফ্ রাজার সামনে উপস্থিত হল। “হ্রোথ্গার, হে মহান ডেনিশ রাজা, এই আমার সংকল্প। আমি আপনাকে ঐ শয়তান গ্রেন্ডেলের কবল থেকে বাঁচাব।”

রাজা উত্তর দিলেন, “বেওয়ুল্ফ্,আমি তোমার অসম সাহসিকতা ও বীরত্বের কথা শুনেছি। কিন্তু জীবনে তুমি যত শক্তিশালী জীবের সম্মুখিন হয়েছ গ্রেন্ডেল তাদের সকলের চেয়ে অধিক শক্তিশালী।”

“হ্রোথ্গার, আমি যে শুধুমাত্র গ্রেন্ডেলকে হারিয়ে মেরে ফেলব তাই নয়, সেটা আমি করব খালি হাতে,” বেওয়ুল্ফ্ রাজাকে জানিয়ে দিল। অনেকেই এটাকে একটা নিস্ফল আস্ফালন বলে ধরে নিল। কারণ ওরা তার মহান শক্তি ও দুঃসাহসিক কাজের কথা শোনেনি।

Beowulf presented himself to the king. “Hrothgar, true and noble King of the Danes, this is my pledge: I will rid thee of the evil Grendel.”

“Beowulf, I have heard of your brave deeds and great strength but Grendel is stronger than any living being that you would ever have encountered,” replied the king.

“Hrothgar, I will not only fight and defeat Grendel, but I will do it with my bare hands,” Beowulf assured the king.
Many thought that this was an idle boast,
for they had not heard of his great
strength and brave deeds.

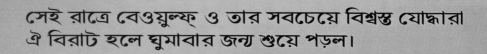

সেই রাত্রে বেওয়ুল্ফ্ ও তার সবচেয়ে বিশ্বস্ত যোদ্ধারা ঐ বিরাট হলে ঘুমাবার জন্য শুয়ে পড়ল।

That very night Beowulf and his most trusted warriors lay down to sleep in the great hall.

অন্ধকার হওয়ার সাথে সাথে গ্রেন্ডেল সেই জলাভূমি পেরিয়ে ঐ হলের দিকে এল। তখন সে বোঝেনি যে সেরাত্রে ওর রক্তপিপাসা পরিতৃপ্ত হবেনা। গ্রেন্ডেল হলের মধ্যে দরজা ভেঙ্গে ঢুকে পড়ল। সে একজন যোদ্ধাকে তার বেঞ্চি থেকে টেনে নামিয়ে তার ঘাড়ে কামড় দিয়ে রক্ত শুষে খেল, এবং তারপর তাকে একদিকে ছুঁড়ে ফেলে দিল।

As the light dimmed, Grendel made his way across the marshy ground to the hall not realising that tonight his bloodthirsty cravings would not be satisfied.
Grendel burst into the hall.
He wrenched a warrior from his bench, snapped his neck and drank his blood, and then tossed him aside.

সে আর একটা বেঞ্চির কাছে গিয়ে সেই লোকটাকেও খাবলে ধরল। ও যখন বেওয়ুল্ফের হাতের মোচড় অনুভব করল তখনই বুঝল যে ওর নিজের মতই শক্তিশালী একজনের সম্মুখীন হয়েছে।

He moved on to the next bench and grabbed that man. When he felt Beowulf's grip he knew that he had met a power as great as his own.

"আর নয়, ওরে দুশমন!" বেওয়ুল্ফ্ আদেশ করল। "তোর মরণ পর্যন্ত আমি লড়াই করে যাব। শুভ–মঙ্গলের প্রতিষ্ঠা হবে।"

গ্রেন্ডেল যোদ্ধার গলা আঁকড়ে ধরতে সজোরে এগিয়ে এল কিন্তু বেওয়ুল্ফ্ ওর বাহু শক্ত করে ধরে ফেলল। এইভাবে ওরা আমৃত্যু দ্বন্দে লিপ্ত হল। দুজনই অপর পক্ষকে মেরে ফেলতে বদ্ধ পরিকর হল।

"No more, you evil being!" commanded Beowulf. "I shall fight you to the death. Good shall prevail."

Grendel lunged forward to grab the warrior's throat but Beowulf grabbed his arm. Thus they were locked in mortal combat. Each was seething with the desire to kill the other.

অবশেষে, একটা সাংঘাতিক ধাক্কায়, ওর সমস্ত ক্ষমতা প্রয়োগ করে বেওয়ুল্ফ্ গ্রেন্ডেলের বাহুটা ছিঁড়ে ফেলল।

রক্তস্রোত ছড়াতে ছড়াতে গ্রেন্ডেল যখন ছুটে পালিয়ে গেল তখন একটা ভয়ঙ্কর আর্তনাদ রাত্রের বাতাসকে চিরে ফেলল। শেষ বারের মত ও ঐ অন্ধকার আচ্ছন্ন জলাভূমি পার হয়ে গেল এবং ঘন নীল ঘোলাটে জলের নিচে ওর গুহার মধ্যে মারা গেল।

Finally, with a mighty jerk, and using all the power within him, Beowulf ripped Grendel's arm off.

A terrible scream pierced the night air as Grendel staggered away, leaving a trail of blood. He crossed the misty marshes for the last time, and died in his cave beneath the dark blue murky waters.

সকলের দেখার জন্য বেওয়ুল্ফ্ ওর হাত উঁচুতে তুলল এবং ঘোষণা করল: “আমি বেওয়ুল্ফ্, গ্রেন্ডেলকে পরাভূত করেছি। অশুভের উপর শুভের জয় হয়েছে!”

বেওয়ুল্ফ্ যখন হ্রোথ্‌গারকে গ্রেন্ডেলের বাহুটা উপহার দিল, রাজা তখন পরম আনন্দে ওকে সাধুবাদ জানালেন। “বেওয়ুল্ফ্, সর্বশ্রেষ্ঠ মানব, আজকের এই দিন থেকে, আমি তোমাকে পুত্রের মত স্নেহ করব এবং তোমাকে ধনসম্পদে ভোরে দেব।”

হ্রোথ্‌গারের শত্রুকে বেওয়ুল্ফ্ পরাজিত করার উপলক্ষ্যে ঐ রাত্রে এক বিরাট ভোজের আয়োজন করা হল।

কিন্তু ঐ আনন্দ উৎসব একটু অগ্রীম হয়ে গিয়েছিল।

Beowulf lifted the arm above his head for all to see and proclaimed: “I, Beowulf have defeated Grendel. Good has triumphed over evil!”

When Beowulf presented Hrothgar with Grendel’s arm the king rejoiced and gave his thanks: “Beowulf, greatest of men, from this day forth I will love thee like a son and bestow wealth upon you.”

A great feast was commanded for that night to celebrate Beowulf’s defeat of Hrothgar’s enemy.

But the rejoicing came too soon.

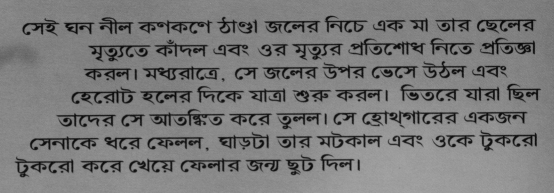

সেই ঘন নীল কণকণে ঠাণ্ডা জলের নিচে এক মা তার ছেলের মৃত্যুতে কাঁদল এবং ওর মৃত্যুর প্রতিশোধ নিতে প্রতিজ্ঞা করল। মধ্যরাত্রে, সে জলের উপর ভেসে উঠল এবং হেরোট হলের দিকে যাত্রা শুরু করল। ভিতরে যারা ছিল তাদের সে আতঙ্কিত করে তুলল। সে হ্রোথ্‌গারের একজন সেনাকে ধরে ফেলল, ঘাড়টা তার মটকাল এবং ওকে টুকরো টুকরো করে খেয়ে ফেলার জন্য ছুট দিল।

সবাই ভুলে গিয়েছিল যে গ্রেন্ডেলের মা বেঁচেছিল।

Under the deep blue chilling waters a mother mourned her son and vowed to avenge his death. In the middle of the night, she swam to the surface and made the journey to the hall of Heorot. Here she terrorised those within. She grabbed one of Hrothgar's warriors, wrung his neck and ran off to devour him in peace.

All had forgotten that Grendel had a mother.

আবারও হেরোটের আবহাওয়া দুঃখে কাতর হলো কিন্তু তার সঙ্গে সকলের খুব রাগও হল।

হ্রোথ্গার বেওয়ুল্ফ্কে তার সভায় ডেকে পাঠালেন এবং বেওয়ুল্ফ্ আবার যুদ্ধের প্রতিজ্ঞা নিল, “আমি যাব এবং গ্রেন্ডেলের মাকে হারাব। প্রাণহানি বন্ধ করতেই হবে।” এই কথা বলে সে ওর চৌদ্দজন সাহসী যোদ্ধাদের নিয়ে গ্রেন্ডেলের জলের নিচের বাসার দিকে রওনা হল।

Once more Heorot was filled with the sound of mourning, but also of anger.

Hrothgar summoned Beowulf to his chamber, and once more Beowulf pledged to do battle: “I will go and defeat Grendel’s mother. The killing has to stop.” With these words he gathered his fourteen noble warriors and rode out towards Grendel’s watery home.

ওরা জলাভূমি পার হয়ে কতকগুলি পাহাড়ের চূড়ার কাছে এসে ঐ দানবের সন্ধান পেল। সেখানে ওরা এক ভয়াবহ দৃশ্যের মুখোমুখি হল: রক্তাক্ত জলের পাশে মৃত যোদ্ধার মাথা একটা গাছের ডালে ঝুলছিল।

They tracked the monster across the marshes until they reached some cliffs. There a terrible sight met their eyes: the head of the slain warrior hanging from a tree by the side of the blood stained waters.

বেওয়ুল্ফ্ ওর ঘোড়া থেকে নেমে বর্ম পড়ে ফেলল।
হাতে তরবারি নিয়ে সেই ঘোলা জলের মধ্যে ঝাঁপ দিল।
ঘণ্টার পর ঘণ্টা সাঁতরিয়ে অবশেষে সে জলের একেবারে
নিচে এসে পড়ল। সেখানে সে গ্রেন্ডেলের মায়ের সম্মুখীন হল।

Beowulf dismounted from his horse and put on his armour.
With sword in hand he plunged into the gloomy water. Down and
down he swam until after many an hour he reached the bottom. There,
he came face to face with Grendel's mother.

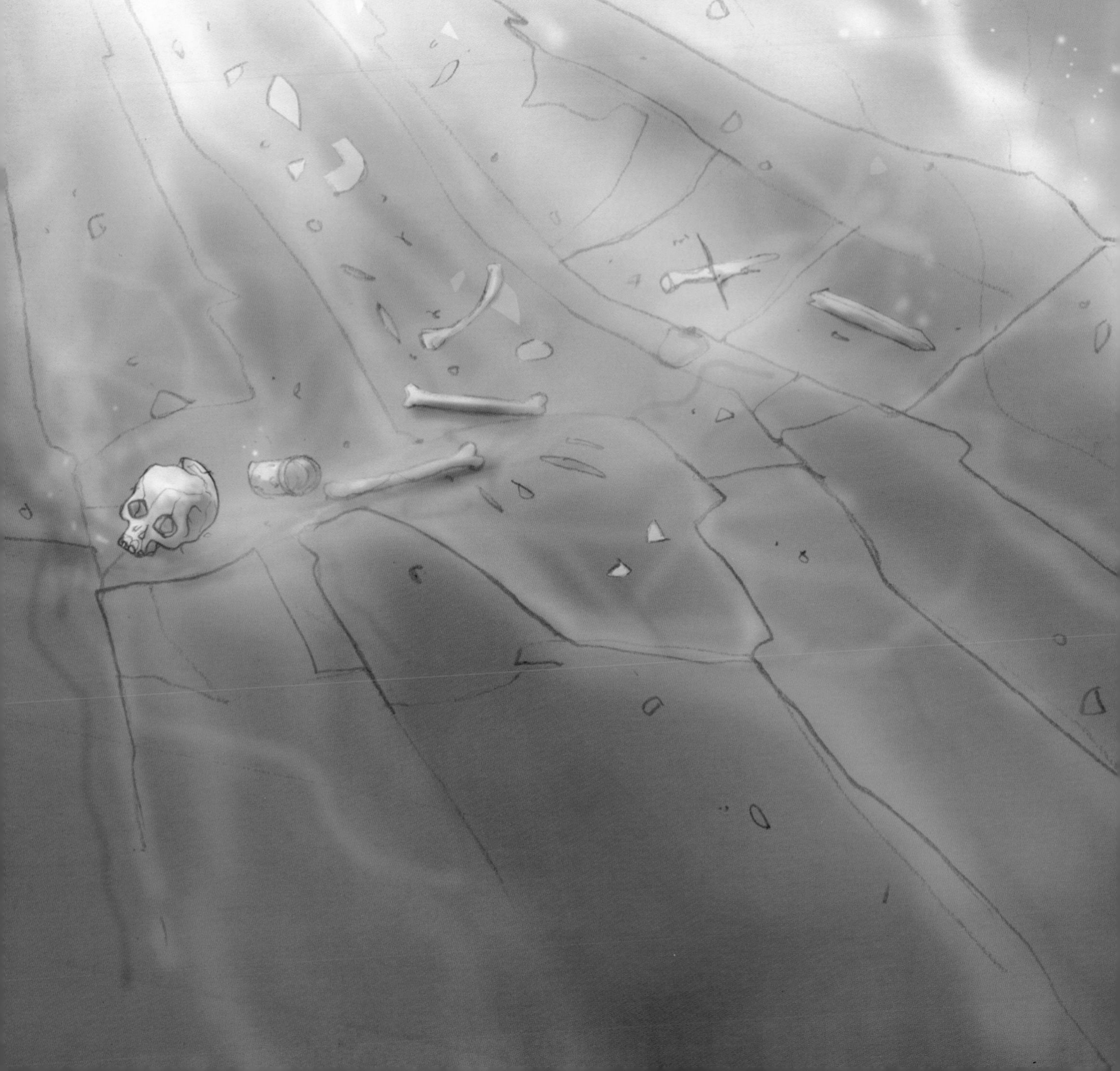

সে বেওয়ুল্ফ্‌কে জোরে একটা খোঁচা দিল,
এবং নিজের থাবা দিয়ে ওকে আঁকড়ে ধরে
নিজের গুহার মধ্যে টেনে নিয়ে এল। বেওয়ুল্ফ্‌
বর্ম পরে না থাকলে নিশ্চয়ই তখনই মারা যেত।

She lunged at him, and clutching him with her claws,
she dragged him into her cave. If it had not been for
his armour he would surely have perished.

গভীর গুহার মধ্যে বেওয়ুল্ফ্ তার তরবারি বের করল, এবং অসম শক্তি দিয়ে তার মাথায় আঘাত করল। কিন্তু তরবারিটা গড়িয়ে গেল এবং কোনরূপ ক্ষতি হল না। বেওয়ুল্ফ্ টেনে ওর তরবারি সরিয়ে নিল। সে দানবটার কাঁধ ধরে সজোরে ওকে মাটিতে ফেলল। ওহো, সেই মুহূর্তে বেওয়ুল্ফ্ হোঁচট খেয়ে পড়ল এবং দুষ্টু দানব তার ছোরা বের করে ওকে আঘাত করল।

Within the cavern Beowulf drew his sword, and with a mighty blow struck her on the head. But the sword skimmed off and left no mark. Beowulf slung his sword away. He seized the monster by the shoulders and threw her to the ground. Oh, but at that moment Beowulf tripped, and the evil monster drew her dagger and

বেওয়ুল্ফ্ তার বর্মের উপর একটা খোঁচা অনুভব করল কিন্তু ছোরাটা ভেদ করতে পারেনি। তৎক্ষনাৎ বেওয়ুল্ফ্ গড়িয়ে উঠে পড়ল। ও নিজের পায়ে কোন রকমে উঠে দাঁড়াতেই দানবদের তৈরি একটা অতি জাঁকাল তরবারি দেখতে পেল। সে খাপ থেকে ওটা বের করে ঐ তরবারি গ্রেন্ডেলের মায়ের উপর নিক্ষেপ করল। ওর আঘাত এত সাংঘাতিক ছিল যে সে সহ্য করতে পারল না এবং সে মরে গিয়ে মাটিতে পড়ে গেল।

তার উষ্ণ কলুষিত রক্তে তরবারিটা গলে গেল।

Beowulf felt the point against his armour but the blade did not penetrate. Immediately Beowulf rolled over. As he staggered to his feet he saw the most magnificent sword, crafted by giants. He pulled it from its scabbard and brought the blade down upon Grendel's mother. Such a piercing blow she could not survive and she fell dead upon the floor.

The sword dissolved in her hot evil blood.

বেওয়ুল্ফ্ চারিদিকে তাকাল আর দেখল নানা ঐশ্বর্য যা গ্রেন্ডেল সংগ্রহ করেছিল। এক ধারে পড়ে রয়েছে গ্রেন্ডেলের মৃতদেহ। বেওয়ুল্ফ্ ঐ দুষ্ট দানবের দেহের কাছে গিয়ে গ্রেন্ডেলের মাথাটা কয়েক ঘায়ে কেটে ফেলল।

Beowulf looked around and saw the treasures that Grendel had hoarded. Lying in a corner was Grendel's corpse. Beowulf went over to the body of the evil being and hacked off Grendel's head.

তরবারির হাতল ও মাথাটা ধরে সে জলের উপর ভেসে উঠল যেখানে ওর বিশ্বস্ত সঙ্গীরা উদ্বিগ্ন হয়ে অপেক্ষা করছিল। তাদের মহান বীরকে দেখে ওরা আনন্দধ্বনি করে উঠল এবং তার বর্ম খুলে ফেলতে সাহায্য করল। একসাথে ওরা একটা দন্ডের উপর গ্রেন্ডেলের মাথাটা ঝুলিয়ে নিয়ে হেরোটের কাছে ফিরে এল।

Holding the head and the hilt of the sword he swam to the surface of the waters where his loyal companions were anxiously waiting. They rejoiced at the sight of their great hero and helped him out of his armour. Together they rode back to Heorot carrying Grendel's head upon a pole.

বেওয়ুল্ফ্ ও তার চৌদ্দজন সাহসী যোদ্ধা রাজা হ্রোথ্গার ও তাঁর রানীকে উপহার দিল গ্রেন্ডেলের মাথা ও তরবারির হাতল।

ঐ রাত্রে অনেক বক্তৃতা দেওয়া হল। প্রথমে বেওয়ুল্ফ্ তার সংগ্রাম ও হিম শীতল জলের নিচে প্রায় মারা যাওয়ার কথা জানাল।

তারপর হ্রোথ্গার আবারও জানালেন, যে ঘটনা ঘটল তার জন্য তার কৃতজ্ঞতা। “বেওয়ুল্ফ্, বিশ্বস্ত বন্ধু, এই আংটিগুলি আমি তোমাকে ও তোমার যোদ্ধাদের নিবেদন করছি। এই ডেনিশ লোকদের ঐ দুষ্ট দানবদের হাত থেকে ত্রাণ করার জন্যে তোমার সুখ্যাতি দিকে দিকে ছড়িয়ে গড়বে। এখন উৎসব সুরু হক।”

Beowulf and his fourteen noble warriors presented King Hrothgar and his queen with Grendel's head and the hilt of the sword.

There were many speeches that night. First Beowulf told of his fight and near death beneath the icy waters.

Then Hrothgar renewed his gratitude for all that had been done: "Beowulf, loyal friend, these rings I bestow upon you and your warriors. Great shall be your fame for freeing us Danes from these evil ones. Now let the celebrations begin."

এবং ওরা সত্যিই উৎসব করল। হেরোটে যারা উপস্থিত হলো তারা এমন ভোজ খেল যা আগে কখনও খায়নি। তারা খেল, পান করল, নাচল, এবং প্রাচীন কালের কাহিনী শুনল। সেই রাত্রি থেকে তারা সকলে নিশ্চিন্তে তাদের বিছানায় গভীর নিদ্রা দিল। জলাভূমির ওপর থেকে কোন বিপদ এসে পড়ার সম্ভাবনা আর রইল না।

And celebrate they did. Those gathered in Heorot had the biggest feast there had ever been. They ate and drank, danced and listened to the tales of old. From that night forth they all slept soundly in their beds. No longer was there a danger lurking across the marshes.

কয়েকদিন পর বেওয়ুল্ফ্ ও তার সঙ্গীরা নিজের দেশে ফেরার ব্যবস্থা করল। উপহারের বোঝা এবং গীট ও ডেনিশদের বন্ধুত্ব সাথে নিয়ে ওরা নিজের দেশের দিকে পারি দিল।

বীরশ্রেষ্ঠ ও মহান গীট বেওয়ুল্ফের কি হল? সে আরও অনেক দুঃসাহসিক কাজ করল এবং আরও অনেক দানবকে নিধন করল।

তবে সে সব আর একটা কাহিনী, অন্য আর এক সময় বলা হবে।


After a few days Beowulf and his men prepared to set sail for their homeland. Laden with gifts and a friendship between the Geats and the Danes they sailed away for their homes.

And what became of Beowulf, the greatest and noblest of Geats? He had many more adventures and fought many a monster.

But that is another story, to be told at another time.